AF452604

22 Décembre 87.

V

CATALOGUE

DES

FAIENCES FRANÇAISES

PORCELAINES

Objets de vitrine, Curiosités, Soupière en argent, Médailles
Verrerie, Tableaux, Gravures
Console Louis XV en bois sculpté
Bahuts, Coffres, Commode Louis XV

Provenant de la Succession de Mme X.

ET DES

CHEMINÉES ITALIENNES

en pierre et en marbre

OBJETS D'ART

Coupe en cristal de roche, Ivoires, Boîtes, Bronzes, Cuivres

BOIS SCULPTÉS

Miroirs - appliques, Cadres, Meubles, Pendules anciennes, etc.
Arrivant de l'étranger

ET DONT LA VENTE AURA LIEU

HOTEL DROUOT, SALLE N° 3

Le Jeudi 22 Décembre 1887

A DEUX HEURES

M° PAUL CHEVALLIER	M. CHARLES MANNHEIM
COMMISSAIRE-PRISEUR	EXPERT
10, rue de la Grange-Batelière, 10	7, rue Saint-Georges, 7

EXPOSITION PUBLIQUE

Le Mercredi 21 Décembre 1887, de 1 heure à 5 heures

CONDITIONS DE LA VENTE

Elle sera faite au comptant.

Les acquéreurs payeront en sus des enchères *cinq pour cent*, applicables aux frais.

L'exposition mettant le public à même de se rendre compte de l'état des objets, il ne sera admis aucune réclamation une fois l'adjudication prononcée.

Paris. — Imprimerie de l'Art, 41, rue de la Victoire.

CONDITIONS DE LA VENTE

Elle sera faite au comptant.

Les acquéreurs payeront en sus des enchères *cinq pour cent*, applicables aux frais.

L'exposition mettant le public à même de se rendre compte de l'état des objets, il ne sera admis aucune réclamation une fois l'adjudication prononcée.

Paris. — Imprimerie de l'Art, 41, rue de la Victoire.

DÉSIGNATION DES OBJETS

OBJETS PROVENANT DE LA SUCCESSION DE Mme X.

FAÏENCES

1-2 — Deux grands plats ronds en faïence de Rouen, décorés en bleu.

3 — Fontaine et bassin en faïence de Rouen, à décor polychrome.

4-5 — Deux bannettes octogones en Rouen, décorées de corbeilles fleuries, l'une en bleu et rouille, l'autre en bleu.

6 — Deux bannettes ovales et à bords contournés, Rouen polychrome.

7 — Huilier décoré en bleu et ocre jaune.

8 — Dix assiettes en Rouen, à bords festonnés, décor polychrome, bordure à rinceaux et feuillage, bouquet au centre.

9 — Deux vases à fleurs garnis d'anses en tor-

sade, et décorés en bleu de figures, dans le goût chinois. Nevers.

10 — Deux jardinières à anses en torsades, décorées en bleu. ·

11 — Compotier octogone à bord festonné, Rouen polychrome à la corne.

12 — Huit assiettes Strasbourg, décor à fleurs, hachures roses sur le bord.

13 — Compotier ovale, même faïence.

14 — Cruche en faïence italienne ; autre en terre à décor simulant l'agate.

15 — Bouteille à col évasé, en Nevers, décor bleu à paysage dans le goût chinois.

16 — Soupière Louis XV et plateau en terre de pipe.

17 — Corbeille en terre de pipe et huilier à filets bleus.

18 — Quatre plats, deux longs et deux ronds, en Strasbourg, décorés de roses.

19 à 21 — Quatorze compotiers à bords dentelés, décor polychrome. Rouen et Strasbourg.

22-23 — Cinq saladiers en faïence française.

24 — Deux jardinières-appliques, à pans, Rouen, décor bleu.

25 — Quatre pichets formés de statuettes en Nevers.

26 — Plateau en Strasbourg, décor à fleurs, bordure ajourée en vannerie relevée de filets roses.

27 — Deux porte-bouquets forme éventail, même faïence.

28 — Sucrier oblong et huilier en Strasbourg.

29 — Encrier et saucière, Strasbourg.

30 — Deux saucières et une salière, Rouen.

31 — Petit pot à eau, Rouen, bleu et rouge; un bassin octogone bleu et jaune.

32 — Écuelles couvertes, encrier, bouteilles, huilier et burettes, Rouen et Strasbourg.

33 — Trois bouteilles et deux cornets de pharmacie, décorés en bleu.

34 — Vingt-cinq assiettes variées de décor.

PORCELAINES

35 — Deux grands vases en porcelaine de Sèvres moderne, décor argent et or sur fond vert olive.

36 — Six assiettes en vieux Sèvres, pâte tendre, décorées de fleurs jetées; marlis gaufrés en vannerie, filets bleu et or.

37 — Cabaret en porcelaine décorée d'œils de per-

drix sur fond rose et de fleurettes ; plus un sucrier en Sèvres, pâte dure.

38 — Plat, assiettes et pot à crème en porcelaine de
Paris à décor de bluets.

39 — Plat à barbe en porcelaine de Chine décoré
en émaux de couleur ; au fond, deux figures ; au
marli, aubépines et pivoines sur un fond vert
pointillé de noir.

40 à 43 — Vingt compotiers, vieux Japon, variés
de décor, en bleu, rouge et or.

44 — Plat rond, vieux Japon, décor bleu, rouge et
or ; au fond, un vase à fleurs dans un médaillon,
encadré de trois réserves à fleurs.

45 — Plat rond, même porcelaine, vase au fond,
entouré de branches fleuries.

46 à 50 — Trente-deux assiettes en porcelaine de
Chine, du Japon et de l'Inde.

51 — Chine et Japon, petite potiche, bol, trois
tasses, deux soucoupes sur pieds en bronze.

52 — Groupe en biscuit : Cavalier turc combattant
un tigre.

53 — Deux figurines en porcelaine décorée de
Berlin.

OBJETS VARIÉS

54 — Grande soupière en argent, garnie de deux anses et bordée de feuilles d'eau ciselées.

55 — Tabatière en buis, ornée d'une mosaïque, avec monture en or.

56 — Autre tabatière montée or.

57 — Quatre miniatures, cadres en bois noir.

58 — Trois pièces ovales : miniature scène de brigands et deux fixés paysages, cadres en ivoire.

59 — Sept pièces : miniatures, émail, cabochons en cristal et un lot d'assignats.

60 — Médaille en plomb : François de Malherbe,

61 — Médaille en argent : Christian IV, roi de Norvège.

62 — Vingt-neuf pièces en argent.

63 — Environ deux cents médailles et pièces de monnaie en cuivre.

64 — Quatre boîtes, écaille brune et cartonnages.

65 — Plaquette en ivoire sculpté, sujet religieux sous une arcature gothique.

66 — Mouchettes Louis XV sur plateau en cuivre argenté.

67 — Porte-montre Louis XVI en bois sculpté.

68 — Nécessaire à ouvrage, accessoires en ivoire.

69 — Six volumes reliés du XVIIIe siècle, dont l'Almanach des Muses, 1773.

70 — Petit bonnet d'enfant satin blanc et rubans roses; aumônière et bourse en tapisserie; deux pelotes.

71 — Groupe en terre cuite dorée : la Vierge et l'Enfant Jésus,

72 — Trois bouteilles carrées en verre de Bohême, gravé à armoiries.

73 — Quatre bouteilles à liqueurs et quatre verres à pied de Bohême.

74 — MARBRE BLANC. Buste grandeur nature, de jeune femme à chevelure descendant sur le cou.

75 — BOUCHER (École de). Suite de dix panneaux décoratifs peints en grisaille, pastorales et figures mythologiques.

76 — Huit tableaux anciens, sous ce numéro.

77 — Environ trente gravures encadrées : portraits de personnages historiques, kermesses, d'après Teniers; paysages, d'après J. Vernet, etc.

BRONZES, MEUBLES

78 — Petite pendule Louis XVI, bronze ciselé et doré, surmontée d'une figurine d'amour, dé-

corée de vases, de guirlandes et d'emblèmes.
Socle marbre blanc.

79 — Deux flambeaux modernes de style Louis XVI.

80 — Deux paires de flambeaux Louis XVI, cuivre
argenté, modèle à tiges cannelées et à perles.

81 — Deux petits chenets à rocailles et figurines
d'enfants.

82 — Belle console du temps de Louis XV en bois
sculpté et doré, à décor de rocailles ajourées,
de fleurs et de rinceaux. — Dessus en marbre
brèche d'Alep.

83 — Glace Louis XIV à encadrement sculpté et
doré, cintré à sa partie supérieure et surmonté
d'un mascaron.

84 — Crédence en bois sculpté offrant sur les portes
des bas-reliefs à sujets religieux.

85 — Bahut en bois sculpté à cariatides et ornements variés.

86 — Ancien coffre en bois sculpté.

87 — Commode Louis XV, bois rose et bois vio-
lette, garnie de chutes rocaille et de poignées à
médaillons en cuivre.

OBJETS ARRIVANT DE L'ÉTRANGER

CHEMINÉES

88 — Grande cheminée, d'aspect monumental, en pierre d'Istrie sculptée à motifs d'arabesques, d'oiseaux, dans le style de la Renaissance; la frise est ornée d'un écu armorié.

89 — Cheminée italienne en marbre blanc composée de deux montants à chapiteaux et d'un bandeau décorés d'arabesques et d'oiseaux dans le style de la Renaissance.

OBJETS D'ART, CURIOSITÉS

90 — Coupe en cristal de roche, taillée à godrons; la tige en forme de balustre est reliée à la coupe et au pied à l'aide d'une monture en argent doré et émaillé.

91 — Cippe en ivoire sculpté offrant au pourtour des cavaliers à la chasse aux lions: Travail moderne.

92 — Ivoire, râpe à tabac, tabatière et boîte ronde.

93 — Boîte rectangulaire, en rouge antique, ornée d'une miniature portrait de femme, monture argent doré.

94 — Boîte plate à angles coupés en agate grise montée en argent.

95 — Boîte octogone en écaille, autre ronde, avec miniature.

96 — Deux boîtes, l'une ovale avec miniature à l'intérieur ; l'autre ronde en porphyre.

97 — Étui cylindrique en émail et broche en fer damasquiné d'or.

98 — Deux montres du xviie siècle en cuivre.

99 — Six cadres pour miniatures.

100 — Cinq miniatures, sujets religieux et portraits.

101 — Deux baisers de paix en bronze.

102 — Cadre ovale en bronze, à fronton, du xviie siècle.

103 — Trois statuettes en bronze : deux Apôtres et une Sainte.

104 — Petite cloche en bronze de la Renaissance, décorée de médailles et de mascarons.

105 — Deux sonnettes en bronze.

106 — Mortier, encrier et flacon en bronze.

107 — Croix processionnelle, de style Renaissance.

108 — Bougeoir en fer décoré d'incrustations de cuivre. XVIIIe siècle.

109 — Petit tableau, le Menuet, d'après Lancret. Cadre italien.

110 — Peinture en forme de frise, le Triomphe de la Terre.

111 — Épée à deux mains.

112 — Jardinière ovale en cuivre repoussé, à godrons.

113 — Gueux en cuivre et huit petits seaux.

114 — Cinq plats ronds unis avec bords en torsade et un plat ovale en cuivre repoussé.

115 — Deux pots cylindriques couverts, en faïence de Milan, décor à fleurs, en bleu, rouge et or.

116 — Salière ovale en faïence italienne.

117 — Vénus sur son char, figurine en porcelaine de Saxe.

118 — Bol en Saxe, médaillons à paysage fond bleu pâle.

119 — Tasse arrondie et soucoupe en Saxe, à armoiries, fleurs et bordure à fond jaune.

120 — Tasse et soucoupe, porcelaine tendre, décor inachevé.

BOIS SCULPTÉS

BRONZES, MEUBLES

121 — Paire d'appliques Louis XVI, à deux lumières chaque, gaine cannelée à tigettes, surmontée d'un vase.

122 — Paire d'appliques Régence à deux lumières chaque.

123 — Paire d'appliques de l'Empire à trois bras portés par des femmes ailées en bronze patiné.

124 — Porte-montre Louis XV.

125 — Deux paires de chenets,

126 — Pelle, pincette et galerie de foyer.

127 — Horloge carrée du xviie siècle, en cuivre doré, à pilastres d'angles et couronnement dômé.

128 — Pendule en bronze ; le cadran, surmonté d'une figurine d'enfant, est porté par un rhinocéros.

129 — Pendule de l'époque Louis XVI, en bronze doré, surmontée d'un vase enguirlandé et décorée de mufles de lions, de draperies, etc.

130 — Pendule du premier Empire, en bronze doré, à statuette de musicienne assise,

131 — Paire d'appliques Louis XVI à deux lumières

chaque, modèle à têtes de boucs, guirlandes et brûle-parfums.

132 — Cadre très large en bois sculpté et doré, à décor de fruit, feuillages et ornements Louis XIII.

133 — Cadre octogone Louis XIII à moulures de bois noir et entre-deux en marqueterie de bois.

134 — Quatre cadres sculptés, dont un contenant une glace.

135 — Quatre chandeliers Louis XVI, bois sculpté.

136 — Quatre panaches, provenant d'un lit, en bois sculpté et doré.

137 — Miroir à encadrement Louis XVI en noyer sculpté, boucles et perles.

138 — Deux miroirs à cadres sculptés, noir et or.

139 — Trois miroirs ovales, couronnés d'un motif feuillagé.

140 — Trois cartouches Louis XVI, peints et dorés.

141 — Canon d'autel à encadrement sculpté.

142 — Reliquaire en bois sculpté.

143 — Plusieurs petits cadres et trois frontons sculptés.

144 — Quatre miroirs italiens à encadrements sculptés et dorés, couronnés d'un cartouche contenant un médaillon en glace.

145 — Deux petits miroirs de forme contournée, cadres sculptés et dorés à rinceaux et rocaille en relief avec entre-deux quadrillé.

146 — Six miroirs à cadres sculptés et dorés, composés de rinceaux et d'ornements ajourés.

147 — Deux petits miroirs Louis XVI, cadres dorés à guirlandes de lauriers, couronnés de rubans.

148 — Miroir à fronton ajouré.

149 — Deux miroirs Louis XV.

150 — Coffre Louis XIII à couvercle bombé, recouvert de velours et de bandes de tôle estampée

151 — Fronton en bois sculpté, peint et doré.

152 — Pendule Louis XV, forme violon, plaquée de bois satiné ; pieds en cuivre.

153 — Pendule carrée, laquée rouge et or, à cadran gravé.

154 — Pendule et console, du xviiie siècle, à décor de figures et de fleurs peintes.

155 — Petit bureau-écran, à tiroirs, en bois marqueté.

156 — Coffret en bois sculpté à décor de rosaces.

157 — Deux consoles d'encoignure garnies de petites glaces étamées.

158 — Console d'applique à dessus en marqueterie dite Certosina.

159 — Fauteuil et trois chaises couverts en damas rouge.

160 — Trois fauteuils Louis XVI à dossiers médaillons, couverts en étoffe damassée.

161. — Chape soie brochée, tapis damas rouge, et tapis à dessin rouge sur canevas.